wmf martinsfontes

sexo & funeral

DIÓGENES MOURA

“Fodo contigo ao invés de ganir diante do nada.”

Hilda Hilst

Nova Grécia, antiga Baía de Todos-os-Santos,
um tempo entre 1975 e 1983.

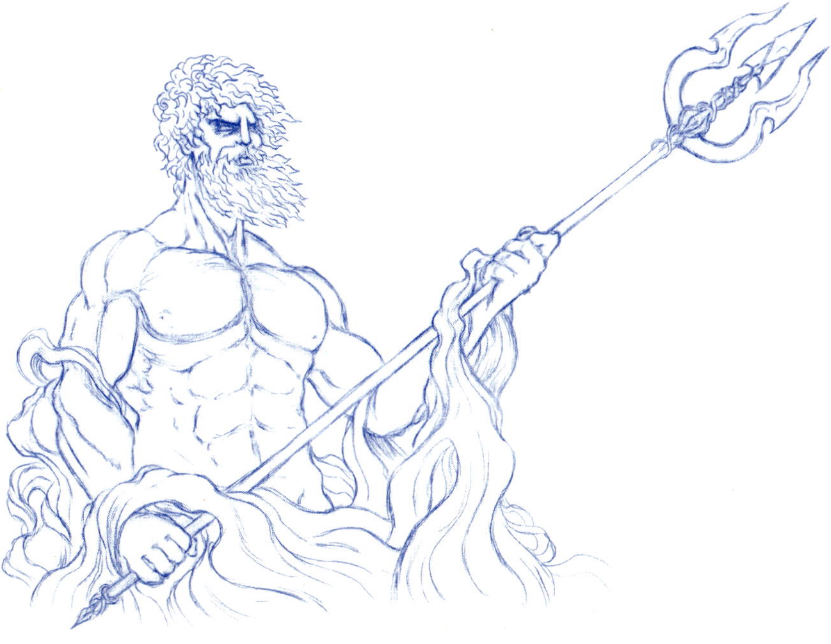

silêncio.

Naquela tarde de sábado, o fusca amarelo estava estacionado na calçada, em frente ao prédio de três andares. Mesmo com a ausência do vento, uma parte da janela marrom abria e fechava, apenas uma parte.

O som daquele movimento, como o abano de um leque em câmera lenta, fez todo o meu corpo gelar.

O silêncio é estrangulador.

Meu nome é Kevin.

ontem.

21h30.

O mar está calmo.

Kevin senta na balaustrada, olha a praia, meia-lua entre os rochedos e o forte.

Daqui a alguns minutos PH chegará.

Chegou.

Juntos, os dois caminham, entram na rua estreita, dobram à esquerda, sobem a escada para o bar. Lá dentro, vozes, risos, *jazz*, Alexander, cocaína. Da mesa onde estão sentados é possível ver o frontispício da casa de Dona Rubina. As janelas estão fechadas. Dona Rubina é um homem comum. Vive chupando o pau dos moleques que perambulam pela região, pequenos marginais, maconheiros ao pôr do sol.

22h30.

Lúcio não aparece.

Ontem mesmo ele havia combinado esse encontro. Os três fumariam um cigarro de haxixe ali mesmo, depois subiriam a escada do bar para enfiar a noite e a madrugada cabeça adentro.

A partir desse momento, alguma coisa sem nome começa a arranhar as entranhas de PH e de Kevin.

agora.

O sol projeta o branco da fachada do edifício que fica do outro lado da rua aqui dentro, onde Kevin está, no quarto andar. Alguém bateu à porta do seu crânio no meio da madrugada.

Ele não tinha certeza de que ainda seriam resquícios daquela noite.

"De agora em diante preciso aliviar minha cabeça, como se ela fosse um utensílio autolimpante qualquer. Nenhuma palavra que virá pela frente terá relação com o que já foi escrito, até descobrir por que Lúcio não apareceu naquela noite de sexta-feira."

Mas quem é mesmo que está entre as aspas?

a cidade.

O mundo descia a rampa e os rochedos para estender a canga na areia, à beira da praia em forma de meia-lua. A cidade começaria a ser vendida uma década e meia depois. Mas ali, naquele tempo sagrado, tudo era azul: do óleo de urucum sobre a pele do corpo inteiro até a cabeça do Mickey, ou da Minnie, ou do Pato Donald, a viagem do LSD que fazia o cérebro dos filhos da terra e dos que ali chegavam explodir de mansinho entre sol; suor; sexo; *rock and roll*; carnaval; festas de largo; filmes de Glauber Rocha; putaria no banheiro do Cine Popular; a luz vermelha da Galeria 13; a Lavagem do Bonfim; as bichas tomando cuba-libre nos arredores da Praça Castro Alves.

E por dentro da noite e da madrugada havia Peteleca, esfinge negra, sempre piscando como um neon em curto-circuito, à espera do próximo cliente, nas entranhas da Rua Carlos Gomes: "Oi, amor, minha boceta é doce como uma uva moscatel!".

Nada doía.

Até Lúcio desaparecer.

outra vez.

Cabine do prostíbulo.

O homem tatuado passa a língua entre os lábios de Kevin. Depois, deita-se sobre o seu corpo, frente a frente. Lá fora os caminhoneiros fecharam as estradas: ruína pública estagnada na estupidez sobre o asfalto. Aqui dentro a cabine tem cor de sangue. O homem tatuado fica de quatro. Tem o meio da tarde no meio do olho do cu. Antes de sair, limpa com as mãos o que restou sobre o colchão de plástico da cabine.

(Voz oculta)

Eu sei o que é ser solitário.

O motorista do táxi chama-se Moás.

Quando o carro passa ao lado das bancas que vendem flores na porta do cemitério, as folhagens estão acesas.

Hoje é o dia dos mortos.

Os túmulos estão úmidos.

Nenhum visitante usa maquiagem.

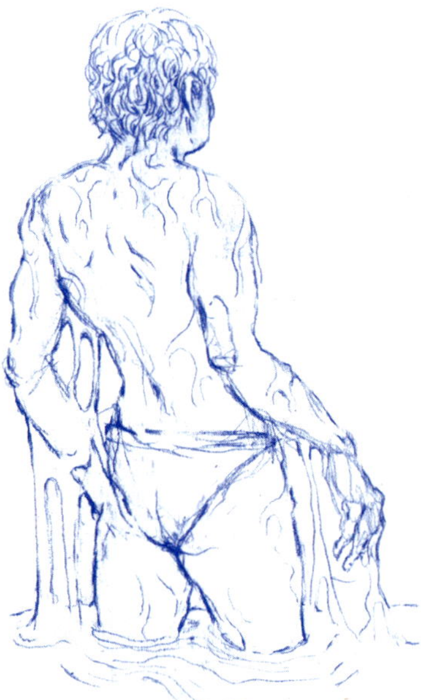

impressão digital.

Os ossos de Lúcio eram pequenos, leves.

A carne sobre os ossos era bem medida, espessa, por isso ele dava sempre a impressão de que, quando andava, parecia estar deslizando.

A pele?

Cor de tamarindo, a semente que os portugueses trouxeram da Índia. Talvez por isso os olhos de Lúcio fossem como os olhos dos indianos. Para protegê-los do sol e afastar os maus espíritos, ele os pintava com *kajal*. E então seus olhos cresciam e cresciam, e viam o mundo por entre as pálpebras esfumaçadas.

Menos quando descia a ladeira em direção ao mar, perto do meio-dia, para alcançar as areias da praia em forma de meia-lua.

Ali, não.

Apenas o corpo entrando na água, depois, estendido, molhado sobre a canga, entregue ao sol de frente para a ilha, de costas para a cidade onde seus habitantes foram amaldiçoados com a obrigação de fingir que estão para sempre alegres.

hoje.

Daqui a dez dias Kevin estará novamente sentado na balaustrada, diante da praia. Ontem foi o dia de Natal, a festa mais mesquinha e débil para a qual a humanidade que gosma se entrega.

O avião decola.

Kevin acaba de ler em um livro de uma autora portenha esta frase cheia de certezas: "O que a natureza não dá o inferno empresta".*

Uma mulher com semblante tarja preta entra no avião. Carrega entre os braços um cão albino, pergunta para a aeromoça: "Onde posso colocar meu bebê? Ele foi cancelado, está com início de depressão".

Pelo lado de fora da janela, como em um rascunho feito com lápis de cera, a cidade, esparramada, começa a aparecer.

O mar não está azul.

Muito menos ele se lembra de alguma coisa.

.....

* Camila Sosa Villada, em *O parque das irmãs magníficas*.

terça-feira.

A Gorda acaba de chegar.

Está com os pés doendo. Conseguiu perder um pouco de peso, e seus olhinhos que olham um para o outro, enviesados, deixam seu rosto com uma expressão ainda mais doce.

Ontem seu marido quebrou tudo dentro de casa.

Chegou bêbado, mais uma vez.

Xingou como alguém que desdenha da própria sombra, do próprio abandono. A Gorda lhe disse que iria arranjar outro homem.

Ele a empurrou, como se ela fosse um pedaço de vida que estivesse atrapalhando o seu caminho. Aquele caminho infame que leva os homens a se tornarem reais dentro de um copo de cachaça, nos bares, nas espeluncas das esquinas, enchendo a cara com ainda mais amargura e covardia, a mais nobre qualidade (oculta) entre os pares.

Depois levam para casa o horror do desprezo para endoidar a própria família. Kevin comprou uma faca com ponta bem fina e deu de presente para A Gorda sangrar o marido.

Ela o olhou como se ele fosse um homem com uma cabeça de ovo e disse: "E Deus, o que eu faço com Deus, e com a culpa que me enfiaram banhas adentro?".

antes.

Ontem Kevin ligou para PH com a intenção de lembrar alguma coisa sobre aquele dia em que estavam juntos, sentados na balaustrada, de frente para a praia em forma de meia-lua, antes de Lúcio desaparecer.

Do outro lado da linha PH foi logo dizendo: "Não, falar sobre isso, não. Ele era uma pérola. Escreva isso, escreva dizendo que ele era uma pérola verdadeira que arrancaram à força das nossas vidas".

Depois ainda falou da sua dor, quarenta e dois anos depois, de uma dor embalada pela angústia de alguém que pensa e vive em uma cidade cuja maior qualidade é ser estupidamente alegre e perversa ao mesmo tempo; a angústia da mesmice de ser mais um funcionário público que trabalha em uma fundação cultural onde o futuro tranquilo só existe até a eleição do próximo prefeito, ou do próximo governador.

Foi o que restou.

E para PH, que viveu a época do lindo sonho delirante, antes de a cidade virar um produto descartável, deve ser um extermínio conviver com essa penúria.

Por isso as lembranças do passado são como chagas abertas.

Quando tudo aquilo aconteceu, Lúcio estava com 23 anos.

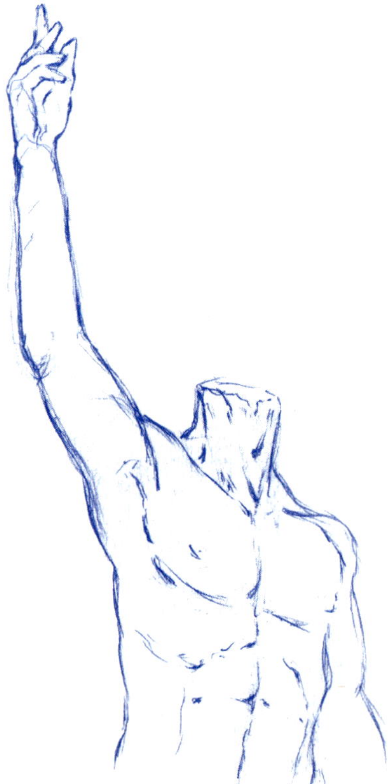

cão miúdo.

Um rato de esgoto acaba de fugir céu adentro em direção à própria decadência. Lama e aço. Nas portas dos quartéis deixou o antro de psicopatas anencefálicos que o seguia em profunda depressão pós-parto. Um homem com nove dedos nas mãos, conhecido como *nine*, subiu, aclamado, a rampa do palácio. Peônias brancas foram lançadas ao vento. Diz-se do povo: é carne humana, respira, endossa, tem sangue em movimento por dentro das veias.

Agora o sol está mudo.

Kevin está em seu gabinete, quase oco.

Duas linhas de penas, uma azul outra preta, voam pelo lado de dentro da janela. Diante do espelho, decide não ir encontrar PH para conversar sobre o que aconteceu naquela noite de sexta-feira.

Flashback.

Naquela época, Kevin morava em uma encruzilhada. Dormia ao lado de um homem que dirigia o maior teatro da cidade. Os transeuntes, todos, imaginavam que os dois se amavam. Era como estar numa roda-gigante, em um grande parque de diversões onde não existia o trem fantasma e tudo se passava como se o mundo tivesse atingido a perfeição. Mas as entranhas do mundo perfeito estavam em chamas. Em chamas pelas carnes alheias; em chamas pelos coitos atrás dos rochedos no início da madrugada, à beira-mar; em chamas para tentar identificar o que era aquilo que Kevin sentia mas não tinha nome próprio.

miraguaia.

A casa onde Kevin vivia ficava no primeiro andar de um sobrado que tinha uma escada bem estreita na lateral. Kevin era muito seguro, acreditava em si mesmo, no seu corpo magro, atlético, os cabelos escorrendo sobre os ombros. Sentia prazer em ouvir o seu desejo e em despertar desejo nos outros. Quando saía para trabalhar na parte baixa da cidade, era comum que dentro do ônibus lotado que descia a ladeira do Largo do Tanque os passageiros roçassem, uns nos outros, com os paus duros, a cidade passando pelo lado de fora da janela, o dia começando a suar a própria pele, os olhares maculados de silêncios e tesão.

Muitas vezes Kevin chegou a gozar e descer do ônibus com uma mancha do lado direito da calça. Por isso tinha que ficar dando voltas em torno da Ilha dos Ratos até a mancha secar e o cheiro da gala ficar menos forte.

Quando entrava no armazém que vendia secos e molhados onde trabalhava, já era outro homem, aquele que guardava um segredo como se guarda um *chip* subcutâneo.

Naquele tempo, homens e mulheres podiam se roçar livremente dentro dos ônibus.

Até então, nenhum óvni havia sido catalogado.

mercado do ouro.

Nessa época, Kevin ainda não conhecia Lúcio.

O seu mundo era muito particular: gozava dentro dos ônibus, trabalhava como *office boy* em um armazém de secos e molhados, jogava vôlei em um clube que ficava bem próximo à praia em forma de meia-lua. Quando o treino acabava, ele tomava banho, deixava o clube e seguia até o ponto de ônibus que ficava quase à beira-mar. Do outro lado da rua, corpos anônimos caminhavam sob o embaço das luzes amarelas, homens e mulheres que alugavam suas carnes por uma mixaria, ou por prazer, ou por delito para conseguir um pouco de droga batizada.

Tudo isso acontecia de um jeito com poucas ameaças.

E as ondas do mar quebravam enchendo de cheiro de sargaço o vento quase parado que existia entre a cidade e a ilha do outro lado da baía, aquele presépio distante, iluminado com pequenas luzes para que a noite e a madrugada pudessem descansar como irmãs.

Kevin fazia parte de tudo aquilo, aquele era o mundo de que ele gostava: o risco, o desejo escapulindo pelas brechas do olhar, o silêncio dentro do silêncio, o ônibus subindo a ladeira, seu corpo descansando sobre o banco duro coberto com uma espécie de couro plastificado, as pequenas janelas que abriam pela metade, o calor infame que rangia tímpano adentro.

O nada não tinha pressa.

O nada jamais seria como o branco.

mau hálito.

A cidade está dentro.

A psicopatia do Natal e do Ano Novo está chegando ao fim.

(Kevin lembra do seu avô, sentado em uma cadeira como se fosse um trono, distribuindo dinheiros para os netos, lá naquela casa onde o quintal não tinha fim. Na mesma rua havia um quartel, uma igreja e um padre, Pierre, que mais parecia uma carranca asmática.)

Ontem o motorista do táxi falou para Kevin que as multidões de humanos, como manadas dominadas, estavam em movimento, entupindo tudo o que era esgoto, barragem, beira-mar, chão de terra, cornucópias: "Espero que ninguém volte dos lugares onde foram festejar o Natal com seus filhos e seus cachorros histéricos, com suas panelas *air fryer*, com suas piscinas de plástico, com suas entranhas suadas, com suas cadeiras de praia, com seus protetores solares fator um milhão, com suas agonias cotidianas, com seus pequenos ódios disfarçados, com suas traições lacrimejando nos cantos dos olhos, com suas conversas medíocres diante dos aparelhos de TV, com seus vermes repletos de procedimentos estéticos para tentar fingir que não são vermes".

O semáforo acende e apaga em amarelo. A tempestade derrubou mais árvores do que gente no meio das ruas. É quase uma cena subterrânea. O táxi para. O motorista abre o vidro, coloca metade do corpo para o lado de fora, grita como se estivesse tendo uma síncope: "Que todos fiquem por lá, vivendo as suas mesquinharias cotidianas, expelindo as suas paranoias entre uma gargalhada e outra".

as mãos de eunice.

A luz sépia deixaria o rosto da mulher furta-cor, sua boca vermelha, úmida, os grandes dentes prontos para soprar a música no corpo de quem estivesse próximo dos seus olhos, naquele porão estreito, no meio do quarteirão.

Antes Kevin parou em outro bar porque precisava se preparar para ouvi-la cantar. Bebeu três gins com gengibre enquanto a chuva fina deixava a cidade deserta, com poucas sombras, que apareciam e desapareciam como instantes, desenhadas no asfalto, o asfalto-testemunha, as pegadas da cidade onde cada conversa precisa ser repetida, esmiuçada mais de três vezes para que alguém entenda alguma coisa.

Ali tudo é quase nada.

Por isso Kevin precisou beber os três gins.

Para não ter que conversar com ninguém, não precisar repetir, esmiuçar o que de mais simples existe por dentro de uma palavra, de uma frase, de um gesto.

Pediu mais uma dose.

Depois outra.

Durante mais de três horas escutou os pingos da chuva.

Filigrana sobre o asfalto selvagem.

Estava assim, pensando no seu passado noturno, quando viu uma sombra se aproximando, sorrindo, o corpo negro em movimento, as mãos imensas, os pés firmes, os olhos virados para dentro de si mesma porque ali, dentro daqueles 168 centímetros de carnes, havia mais de um milhão de noites, mais de um milhão de mentiras, mais de um milhão de dublagens, mais de um milhão de drogas, mais de um milhão de cicatrizes, mais de um milhão de dias amanhecidos, mais de um milhão de amores comprados e vendidos porque assim doía menos.

Mas eis que o copo cai da mão de Kevin e a sombra se dilui.

Quase correndo ele segue em direção ao porão, ao encontro daquela mulher para descansar a sua ânsia sob a luz sépia, se aproximar daquela boca úmida, dos seus enormes dentes brancos.

Na porta do bar estava o aviso:

PEDIMOS DESCULPAS. A SENHORA EUNICE KATHLEEN WAYMON
CANCELOU A APRESENTAÇÃO PORQUE PRECISOU CHORAR.

nude.

Na casa de Lúcio havia muitos broches de marcassita.

Naquela época, marcassita e âmbar tinham quase o mesmo significado que ler Rilke, Herman Hesse, Gibran Khalil Gibran. Quem os lesse possuiria algo de sagrado, profundo, seria diferente de outra pessoa qualquer.

Baudelaire também.

Perfumes de patchuli eram o gosto do corpo e da mente.

Algumas vezes, até nos baseados, era comum pingar algumas gotas de patchuli. Maconha, patchuli, haxixe: uma trilogia cósmica. No meio da sala da casa havia uma cama patente de solteiro, repleta de almofadas. Era ali, desmilinguidos sobre a cama, que todos passavam a viver o transe de final de tarde.

O sexo sempre estava por vir, sem angústia, sem ansiedade.

O desejo era como uma navalha na ponta da língua.

O amor era algo suave, quase etéreo, não os incomodava viver sem amar alguém porque tudo o que acontecia naqueles dias era inteiro, preciso, mesmo dentro dos anos de chumbo, quando a ditadura causava suplícios.

Era por isso que todos reagiam com a nudez dos seus corpos e mentes àqueles homens fétidos, imundos, devorados pelos tapurus que habitam as entranhas da terra, sem entender nem o que significava existir, muito menos o que é ser corrupto.

Decompostos, daquelas carnes fétidas só resta o pó dos ossos.

E as incuráveis cicatrizes dos alheios.

Quando Janis Joplin cantava "Summertime" todo o ambiente ficava suspenso, o tempo estancava, as mãos de ferro desapareciam imediatamente, porque dentro daquele mundo o que mais importava era o voo pela sala daquela casa, entre as cristaleiras, os vasos de alabastro, os colares de laguidibás, as máscaras africanas, o Buda de louça branca, enorme, com a barriga que ocupava quase toda a largura de uma mesinha de cabeceira.

Lúcio sempre se deitava como se estivesse abraçando a si mesmo, suas veias rolando sobre esferas, os grandes olhos esfumaçados pelo *kajal*, os anéis, as pulseiras de prata e um futuro que era aquele mesmo, porque no futuro o instante seguinte permaneceria parado, descansando, esperando o tempo passar, a noite passar, os dias passarem.

Nenhuma ameaça entrava pela janela.

Até a noite daquela sexta-feira.

maria.

Quanto mais angústia, mais doce.

Na padaria a árvore de Natal ainda está em pé. Janeiro já está acabando e a maldição natalina continua erguida, à espera de ser desmontada e guardada para o ano seguinte, para quando o abismo estiver ainda mais doloroso. A árvore de Natal que está na padaria não é uma árvore qualquer. Apenas enfeitada com cachos de pequenas cerejas, tem um babado de tule vermelho fazendo a curva em todos os galhos, como se fosse um traje de gala para Maria Padilha, a dama da madrugada, rainha das encruzilhadas, falange de Pomba-gira.

Flashback.

Naquele tempo, o cozido de grão-de-bico que Kevin almoçava, sempre acompanhado por PH, no restaurante natural, perto de onde os dois trabalhavam, descia estômago abaixo como se o duende da saúde eterna estivesse conduzindo por dentro das tripas o caminho para a digestão. Depois banchá, porque tudo o que vinha do Oriente seria mais espiritual, portanto, mais humano. Logo em seguida um baseado transinfinito, e o caminho de volta para a praia era o possível glorioso: a cidade transparente passando pelas janelas do Fiat 147, Kevin dirigindo como se fosse um motorista de verdade, sempre inseguro porque dirigir um carro para ele era como ter nas mãos uma arma sobre quatro rodas que não valia nada e que, de repente, *craaaaccccc* e um pombo logo estaria esmagado sobre o asfalto.

E Kevin não gostava de ter pesadelos com pombos esmagados.

hoje.

Thelonius Augustus Théo sobe dezessete andares pelas escadas de serviço quando chega em casa, para exercitar suas carnes, disponíveis para o ouro do prazer. Durante o dia expressa o mesmo corpo como zelador de um prédio, e à noite como estudante universitário porque precisa subir na vida.

Do outro lado da rua onde ele trabalha existe uma pracinha para os moradores do bairro levarem seus bebês para latir e defecar, unidos, em harmonia, como humanos que se expressam a partir dos seus focinhos peludos. Quando Kevin passou pela calçada, às 16h50, Thelonius Augustus Théo estava na portaria do prédio com seu corpo disponível.

Kevin parou.

Thelonius Augustus Théo virou o rosto.

Os dois subiram a escada até o primeiro andar para fingir olhar uma sala comercial que estava para alugar, entraram, botaram os paus para fora sem acender a luz, beijaram-se no escuro do banheiro enquanto os bebês dos moradores do bairro latiam do lado de fora da janela.

Depois combinaram de se encontrar no dia seguinte, logo ao nascer do sol, para poder gozar em paz, sem os latidos dos bebês com focinhos peludos: porque o desejo, drama que jorra, é voragem para além da carne crua.

eu?

Agora não sei se falo *eu* ou se passo a palavra para Kevin, esse segundo outro que aqui está, por dentro de cada uma destas páginas. Se for *eu*, não haverá criação, apenas memória: nenhuma pergunta terá respostas.

Kevin também tem um corpo, tem olhos, vai ao banheiro, respira, caminha entre as vírgulas, faz sexo por onde anda, prefere inserir desdém no lugar do amor, organiza o pensamento para que a frase seguinte possa ser decepada.

Mas a carne dele é igual à minha, exatamente igual a esse *eu* constantemente em conflito, esse mesmo *eu* que esteve presente quando tudo aquilo aconteceu, e depois se sentou para escrever no seu apartamento, em um gabinete repleto de imagens, uma ao lado da outra, no centro de uma metrópole devastada pelo excesso de informação, onde o povo do *crack* não grita mais no meio da madrugada desde que a pandemia acabou.

É olhando para si mesmo que esse *eu* encontra Kevin: quando fecha os olhos para escrever o seu nome riscando com a ponta da unha um dos três espelhos da casa.

Daqui vejo Kevin sentado na balaustrada daquela praia ao lado de PH e, quando presto bem atenção, sou *eu* quem está naquele lugar: o mesmo cabelo; a mesma roupa; a mesma casa onde eu vivia naquela encruzilhada no fim de uma ladeira; o mesmo cheiro; os mesmos sapatos. Só não vejo Kevin vivendo o que costuma se chamar de *amor dissimulado*, como o que vivi.

(Voz oculta)

*A beleza do mundo que logo irá fenecer tem dois gumes, um de riso, outro de angústia, cortando o coração em dois.**

Talvez para protegê-lo dessa imensidão de agonias, onde tudo se transforma a cada instante: vingança, repulsa, deleite, perfídia, traição, silêncios agonizantes. Mesmo assim tenho dúvidas se esse não seria o único momento em que o meu egoísmo se tornaria mais honesto.

Então fui eu, e não Kevin, quem cancelou a viagem para a cidade onde tudo aconteceu, naquela noite de sexta-feira, porque estava sem paciência de entrar em um táxi, fazer *check-in* no aeroporto, tropeçar nas centenas de malas alheias, esperar o embarque naquelas cadeiras elétricas que existem nas salas de espera e, muito pior, assistir ao circo de horrores que é o embarque dos passageiros sempre lotados de palavras pífias, humores Gardenal, filhos absortos.

Sim, porque há quem ainda insista em viajar carregando as suas reproduções imprecisas, a quem chamam de "filhos", e no mês de janeiro, durante o verão, o tsunâmi só aumenta.

•••••

* Virginia Woolf, em *Um quarto só seu*.

hipotálamo.

Geralmente acontecia no final da tarde, quando o sol dedilhava os primeiros sinais de que precisava descansar e a luz do dia, às 17h30, já banhava a cidade com um vento morno de nostalgia.

Naquela época, as palavras de Kevin ainda eram jovens e tudo o que ele escrevia parecia fazer algum sentido, ou seja, Kevin acreditava em alguma coisa, pobrezinho: jovem, ingênuo, repleto de dias seguintes, não sabia ainda do que o cérebro seria capaz de produzir, ou danificar. Ele tinha quase certeza de que as coisas que os humanos classificam como "sentimentos nobres" surgiam do coração, o órgão que bombeia o sangue para os pulmões e depois bombeia o sangue rico em oxigênio para o corpo.

Tudo que existia na cidade onde vivia fazia sentido. Ainda não havia a internet. Ele escrevia e recebia cartas dos amigos, dos amantes, das amantes. Liberava dopamina para todos os lados. Sua família vivia em paz, todos eram pessoas absolutamente normais: os irmãos, muito educados; o pai, o grande falo, o centro da Terra, o homem-Deus, discreto em relação à interminável agonia que é a de ter um pau entre as pernas, com a obrigação de mantê-lo ereto até os dias finais. O contrário desse esquema seria a obsessão, o fracasso do orgulho de um macho ameaçado por um nervo dorsal em agonia.

Então Kevin quase flutuava pelos espaços vazios da sua tão jovem existência. Por isso, tudo que ele escrevia cheirava a redenção, ou seja, apenas poderia interessar aos mansos, porque ali, naquele ambiente à beira-mar, ninguém queria ser melhor que o outro. Um escritor seria apenas um escritor, sem a obsessão de querer ser traduzido para mais de 60 idiomas, ser autor de uma grande editora, tentar escrever como Machado de Assis ou Cruz e Sousa, ficar famoso como um pavão enfadonho, tristíssimo no silêncio das madrugadas. Ou ser considerado mais inteligente que as pessoas que estão endoidando para livrar-se da doce angústia que é a fome da própria existência.

carcará.

Ori suspenso.

Hoje a cabeça de Kevin está sem identidade.

Átomo indizível.

Não sei se na página anterior ele está no lugar certo. Alguma coisa aconteceu no meio da madrugada. Quando Kevin acordou ele era *eu*. Um mesmo *eu* fora do outro, com raiva, sem vontade de olhar para o que se passava pelo lado de fora da janela. Mesmo assim desceu do quarto andar, atravessou a rua, pediu um café com leite no bar da esquina.

O dono do bar tem as mãos ásperas.

Em uma manhã qualquer, quando ele estava fechando o caixa ao lado de um amigo, Kevin lhe deu um creme para amenizar o seu toque. Os dois estancaram as palavras com um olhar quase perplexo. O dono do bar apenas calou. Depois virou-se para o amigo com a expressão de uma folha de papel em branco.

Continuou somando as contas dos clientes que assistiam a um jogo de futebol em uma TV coberta de gordura, que fica suspensa na parede, quase encostada no teto. Na rua havia pouca gente. O calor fazia da cidade um lugar desumano, se é que existe alguma coisa verdadeiramente humana em planetas habitados por corpos com úmidas entranhas.

A não ser para os abstratos que acreditam que o coração é o órgão que aciona a paixão.

sinal extraviado.

Na redoma da parte de dentro do crânio de Kevin, aquela que tem o nome de *inconsciente*, hoje, com os olhos fechados e sem movimentos, a Sra. S. aparece com o rosto como se fosse uma máscara, uma máscara artificial, um outro rosto, modificado depois de várias intervenções cirúrgicas.

Mas ainda não é um rosto completamente irreconhecível.

É um rosto sob uma máscara, que esconde a persona de uma outra face, que já existira de forma natural. O corpo da Sra. S. também se transformou por dentro do crânio de Kevin. Havia se formado roliço, sem movimentos, pouco ágil. Nada que se compare, ainda, ao corpo do homem-inseto, o protagonista daquela incontestável metamorfose. Aquele, sim, um corpo literário em seu mais perfeito estado de espírito atômico.

As outras pessoas que estão dentro da cena também são estranhas. Lá estão a mãe e o irmão da Sra. S., que apareceram como vultos, com pouca definição, como se estivessem impressos em uma fotografia com baixa velocidade.

A casa também é um lugar macambúzio: algumas plantas indefinidas espalhadas pelas quinas dos cômodos; uma escada em diagonal e, mais adiante, um gramado absolutamente verde e uma grande árvore à beira da rua, quase despencando, já que a casa foi construída no limite entre o terreno e o asfalto.

Kevin não estava totalmente integrado à cena.

Era como se do lado de cá da consciência ele tivesse certeza de que a Sra. S. jamais seria daquele jeito, jamais teria um rosto como aquele. Ele estava vendo a cena pelo lado de fora, pronto para fugir e voltar para dentro da sua casa e para dentro de si mesmo, caso acontecesse alguma emergência.

Quando o dia amanheceu, o rosto da Sra. S. estava frisado no aparelho de TV, a dois metros de distância dos olhos de Kevin.

Na legenda, estava escrito:

Durante o sono REM, os sinais enviados a partir de uma outra parte do cérebro, a ponte, são transmitidos através do tálamo para o córtex cerebral e há tentativas do córtex cerebral de fazer sentido desses sinais que causam os sonhos, ou, quando os sinais são extraviados, os pesadelos.

Foi a Sra. S. quem subiu, ao lado dos policiais, ao apartamento de Lúcio, no início daquela tarde de sábado.

sem título.

A máscara do homem simples está do lado de fora da grande parede. O homem simples dorme, bêbado, jogado sobre o sofá. Entre suas pernas, um gato e uma galinha circulam despercebidos. Por dentro das veias do seu corpo o álcool é a salvação. O homem com o corpo franzino vive lá pelas entranhas de uma baixada, no Norte do país. O homem simples vê os olhos dos outros por trás dos capacetes das motos que recolhe nos escombros das ruas. Ele vence o abandono todos os dias. Inventa faces imaginárias com dentes e chifres e bocas arreganhadas e olhares como nunca.

Outro homem, aquele que vive na capital, por entre móveis e cadeiras e espelhos e tapetes caríssimos, viajou durante nove horas por uma estrada onde imensas crateras dão forma ao que resta de asfalto, para encontrar o homem simples, comprar as máscaras que ele inventa, depois expor em uma feira de arte do sistema capitalista alienado na metrópole devastada pelo excesso de informação.

As máscaras do homem simples serão vendidas por uma fortuna, lá onde a dona da feira tem uma cicatriz no início do couro cabeludo e tudo que se passa entre os estandes sem teto nem lua parece um filme de terror, onde sanguessugas tentam negociar suas virtudes como derradeira vantagem, paredes falsas à beira.

Foi então que o homem que vive entre móveis e cadeiras e espelhos e tapetes e camas caríssimas trouxe o homem franzino, com seu traje de gala, sua máscara com a boca arreganhada, seu chocalho, seu rosto por dentro de outro rosto para desfilar nos corredores da feira de arte, diante do *entourage* de algum colecionador, que imediatamente tem um delírio psicótico: "É meu! É meu! É meu!".

A mulher que tem uma cicatriz no início do couro cabeludo sorri completamente encantada.

E sangrando com os dentes enfiados na jugular do próximo, aquela mulher que tem uma cicatriz no início do couro cabeludo, ao lado dos seus comparsas, caminharam pelos corredores daquele filme de terror e sorriram muitíssimo, aplaudindo o desfile do homem simples que transpirava cheirando a álcool, por baixo da sua boca arreganhada com os grandes dentes ameaçando o vazio.

Kevin tem pavor de máscaras.

Principalmente depois daquela manhã, quando W., seu irmão de carne e osso, lhe contou o que havia acontecido.

sem fingir.

Thelonius Augustus Théo chegou pontualmente às 13h. Ontem à noite ele estava voltando para casa, caminhando na calçada do prédio onde mora, quando dobrou a esquina e foi parado por dois assaltantes que estavam em uma moto. Entregou o celular e seguiu seu caminho "sem olhar para trás", como sentenciou um dos bandidos. Revoltado, Thelonius Augustus Théo carregou um celular velho que estava em uma gaveta do móvel na sala e logo publicou para o mundo, via Instagram, a sua revolta oxigenada. Mundo afora, sob efeito da própria vingança, 460 mil seguidores ouviram a voz de Thelonius Augustus Théo, aos berros:

"Filhos da puta! Fodam-se sangrando no meio da rua!".

Quando Thelonius Augustus Théo beijou a boca de Kevin o ódio já havia estancado e a saliva que escorreu entre a língua dos dois era doce e verdadeira e os sinônimos entre seus corpos entrelaçados tornou-se perplexo, invadido por quatro mãos que tocavam o tempo-unhas, o tempo-peitos, o tempo-noites, o tempo-abelhas, o tempo-sulcos, o tempo-descanso, o tempo-pele, o tempo-ave. Tudo no mesmo instante, impune, sem os latidos dos cães da pracinha cujo som, que naquela primeira vez havia entrado nos ouvidos de cada um deles, havia silenciado, porque o desejo, carne que jorra, estava resolvido.

"Você acha que sexo é uma selva de epilépticos?",* perguntou de mansinho Thelonius Augustus Théo, antes de explodir.

.....

* Rita Lee e Roberto de Carvalho, em "Amor e Sexo".

o corcel azul.

Fechando os olhos Kevin imagina a esquina da rua onde Lúcio vivia, o prédio amarelo com dois andares, a pequena árvore que escapulia por cima do muro na esquina cujas flores de jasmim brancas exalavam um perfume tão telúrico que enfeitiçava o fim da tarde. Quase todos os dias Kevin ia visitar Lúcio, parava na esquina, retirava uma flor e, quando Lúcio abria a porta, a colocava em uma das suas mãos.

Plano-sequência.

Aquela noite de sexta-feira parecia não ter fim. Depois de beber três Alexanders, Kevin voltou para casa dirigindo o Corcel azul do marido de sua única irmã. Seguiu em direção à avenida onde, alguns anos antes, havia conhecido o homem de olhos azuis enquanto caminhava para o terminal do ônibus que o levaria até o bairro onde vivia com a família. Um fusca começou a segui-lo e o homem dos olhos azuis que estava no volante perguntou se ele queria uma carona.

Naquela época, Kevin tinha o corpo magro, os cabelos longos, os ossos compridos, a ânsia escapulindo pelos olhos como se todos os dias seguintes fossem chegar como uma relíquia.

Como havia chovido alguns minutos antes, o asfalto estava translúcido, os carros passavam como se fossem polaroides espelhadas; as esquinas escorriam pelo asfalto sem hematomas; as escadas rolantes do centro comercial já estavam desligadas; o passarinho azul, embrulhado, estava em silêncio para ser vendido pelo camelô no dia seguinte.

Nenhuma sombra deslizava entre as vitrines.

Quando Kevin despertou, o homem dos olhos azuis estava ao seu lado. As paredes do apartamento eram altas, brancas como uma nesga do nada. No momento em que as portas de aço do supermercado foram suspensas, do outro lado da rua, o homem dos olhos azuis virou-se para dentro.

Aqui o tempo para entre a noite de sexta-feira e o dia seguinte, entre o Corcel azul e o fundo da madrugada.

o pesadelo.

Deus, infando, dispara um míssil supersônico em direção às orelhas dos seus súditos. A guerra torna-se uma construção divina. Zambira Macuna está entre os escombros. Tentou fugir com os filhos, mas as fronteiras estão fechadas. Ao seu redor faltam pão, água, sorvete de creme com passas. Uns e outros começam a engolir as carnes dos que estão mais próximos, já em processo de decomposição. *Todos falam em humanidade*. Em uma bandeja de prata, a cabeça de uma criança é depositada no centro da santa ceia. O público finge sorrir. Entra o primeiro homem. Os convidados se olham em silêncio. Seminua, a primeira dançarina aparece entre os escombros.

Os talheres são entregues aos convidados.

Ao lado de Deus, outro homem, esse, dizem, invencível, repete: "Eu sou o número um!". Sentado do lado oposto da grande mesa, mais um homem grita: "Não. O número um sou eu!". Deus ergue a mão direita. As cabeças dos dois homens são decepadas. No lugar do sangue, jorra petróleo. Deus cobre o rosto. Teme ficar preto. A dançarina se lambuza em cima dos dois corpos caídos. O som da música aumenta. Um astronauta com escafandro pisa na lua.

Ali, tudo é um grande vazio calado.

Zambira Macuna tenta vender o que resta do seu corpo para comprar comida e alimentar os seus filhos. Como gravetos pulsantes, as crianças arregalam os grandes olhos.

Zaratustra entra em cena. Deus ergue a mão direita.

Zaratustra lhe atira um verso: *Recolhe o teu sumo, árduo homem só.*

Do lado de fora, um após o outro, lentamente, Zambira Macuna aperta o pescoço dos cinco filhos. A cerimônia é transmitida ao vivo.

Zambira Macuna é aclamada nos quatro cantos do mundo.

my way.

Kevin está só. A janela do gabinete onde ele escreve está aberta. A noite, muito quente. O ventilador está ligado no número três. A velocidade dos carros que passam lá embaixo é a mesma do vento. Kevin retirou nove sinais do rosto faz cinco dias. Quando Thelonius Augustus Théo chegar, amanhã, às 13h, ainda haverá pequenos pontos vermelhos no rosto de Kevin. Quando os dois corpos se encontrarem, só haverá depois.

(Voz oculta)

Eu poderia lhe dizer que talvez a luz esteja apagada.

Aquela noite de sexta-feira nunca mais será esquecida, diante do mar, naquela balaustrada na praia em forma de meia-lua: parece que tudo o que Kevin escreve é a mesma coisa. Ele apenas muda as palavras, enxuga as laterais, sopra o destino dos ditongos, desfaz o tempo preciso. Depois volta e vê Lúcio caminhando ladeira abaixo em direção ao sol. Kevin não sabia quantas palavras seriam necessárias para completar aquele dia. Muito menos depois que a noite chegou e Dona Rubina abriu a janela para sentir o cheiro da maresia e do sargaço. Dona Rubina tinha os olhos espremidos. Cada vez que se curvava para chupar o pau de um dos seus moleques maconheiros, seus olhos se fechavam como hastes. Por isso suas palavras de prazer entre sair e entrar eram bem magrinhas, tão magrinhas. Acabou.

Na noite anterior, Lúcio havia passado pela frente da janela de Dona Rubina quando o dia ainda ardia. Nem olhou para o lado. Apenas entrou no fusca amarelo e saiu em direção ao farol.

Thelonius Augustus Théo não apareceu.

Súbito amanhã.

isto.

Deu-se o nada do outro lado da rua.

Quando Kevin entrou no táxi a manhã ainda estava em convulsão: o homem que vende as mangas coração-magoado foi logo avisando que estão em falta. Aqui na cidade onde Kevin vive as mangas são chamadas de Lolitas. São bem fininhas, doces como uma gota de angústia escorrendo pelos cantos da boca.

Kevin olha, quase sorri, não pensa em nada.

Lembra-se dos imensos pés de mangas que havia em uma das casas em que viveu na infância: um quintal interminável, uma descida que acabava em um riacho, as pegadas de um sol vazando por entre as folhas das árvores. Um carnaval de pequenos nacos de ventos e sombras. E cigarras, muitas cigarras em um canto com cento e vinte decibéis. Um avião decolava por dentro dos tímpanos de todos que moravam naquela casa quando as cigarras começavam a cantar.

No sábado seguinte todas as barracas da feira que ficam na esquina do apartamento de Kevin amanheceram repletas de Lolitas. A rua inteira mudou de cor. Kevin desce do táxi.

O nada desaparece.

O vendedor de Lolitas usa uma camisa azul. Está na esquina, do outro lado da rua, sentado diante do tabuleiro que hoje também está repleto de maçãs. O homem tem carnes avermelhadas invadindo as pupilas dos seus olhos. Agora Kevin não está mais por aqui. A curva do seu personagem sumiu. Tudo em volta está parado.

Nada dentro.

Nada grita.

aquilo.

Lúcio, a princípio, não teria acento agudo na primeira vogal.

O acento veio por conta dos seus grandes olhos, sempre anoitecendo. E também por conta dos seus ossos, verticais, pequenos, finos como uma despedida. Mais ainda porque quando Kevin era muito novo, leu o *Diário completo*, de Lúcio Cardoso, e nunca mais aquele poeta saiu de dentro dos seus miolos. E aquele Lúcio também tem acento agudo na primeira vogal.

Kevin voltou à cidade onde Lúcio vivia no final da tarde de um dia nublado. Instalou-se em um hotel vagabundo à beira-mar, entre o esgoto e a carcaça do que teria sido outro hotel, grande, um dos primeiros a ostentar a riqueza e algumas décadas depois a ruína da burguesia que por ali passou cheirando cocaína e dançando em uma boate da moda que ficava no subsolo. A carcaça do hotel interrompendo o azul do céu é quase uma cena de guerra.

Kevin deixou a mala ao lado da cama, no apartamento 408, e foi até a janela abrir a cortina para ver o mar. Não foi preciso. Na cortina havia um furo enorme exatamente no canto direito da janela, por onde o olhar de Kevin vazou para enxergar os rochedos, a praia de areias brancas e o imenso esgoto que a dividia ao meio, como uma grande mágoa.

Também pôde ver um pequeno coqueiro com quatro ou cinco folhas penadas e, embaixo dele, sob o sol a pino, os motoristas dos táxis que serviam ao hotel, suando em bicas, esperando os turistas saírem para levá-los a lugares marcados para iludir seres programados que apenas erguem o celular e nunca, verdadeiramente nunca, estão em lugar nenhum.

laparoscopia.

Kevin havia morado naquele bairro durante muitos anos, depois daquela manhã de sábado, em um apartamento no primeiro andar de um prédio sem cor. Nesse tempo, ele namorava L., que era tão magrinha quanto um dos dois traços que formam a própria letra. Os dois varavam as noites dançando pelos arrabaldes da cidade.

Kevin fumava maconha todos os dias, às 7h45. Depois batia punheta sobre uma cama de bambu.

Kevin fazia terapia com uma mulher muito gorda, francesa, fumante, que passava todos os 40 minutos da sessão soltando a fumaça do cigarro e falando "Anham! Anham! Anham!".

Kevin caçava em um cinema pornô no topo de uma ladeira.

Kevin escrevia roteiros para a única TV educativa da cidade.

Kevin alimentava uma Oxum dentro de uma redoma de vidro.

Kevin bebia cerveja com PH e com Moabella Tompson todos os domingos, a partir das 11h.

Kevin contraiu sífilis porque trepou sem camisinha.

Kevin não aplaudia mais o pôr do sol.

Por causa do calor, lia Carlos Penna Filho com a porta da geladeira aberta.

Kevin se despediu da analista francesa porque ela fumava um cigarro atrás do outro, soltava a fumaça sobre sua cabeça e repetia "Anham! Anham! Anham!". Quando não conseguia mais dizer "Anham! Anham! Anham!", falava bem baixinho: "Désolée mon cher!".

A mãe e a irmã de Kevin o visitavam sempre às sextas-feiras, trazendo junto os três sobrinhos pequenos porque Kevin os amava muito. Até hoje, no gabinete onde Kevin escreve, há uma fotografia em um porta-retrato cor de vinho onde estão sua mãe, sua única irmã e os três sobrinhos: todos sentados em volta da geladeira com a porta aberta.

Sua mãe usa uma blusa verde-piscina com uma gola de renda que ilumina a fotografia do lado esquerdo do retângulo. Sua irmã está com um vestido azul com bolinhas brancas.

As duas quase sorriem para a câmera.

Descrevendo essa cena agora, Kevin ficou muito perturbado e vai parar de escrever porque precisa urgentemente tomar psicotrópicos.

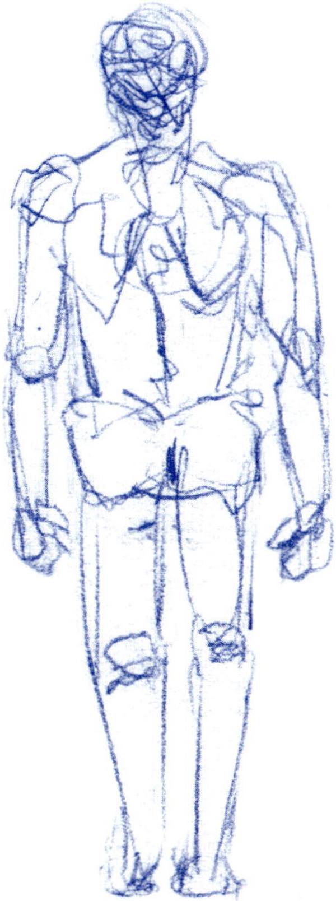

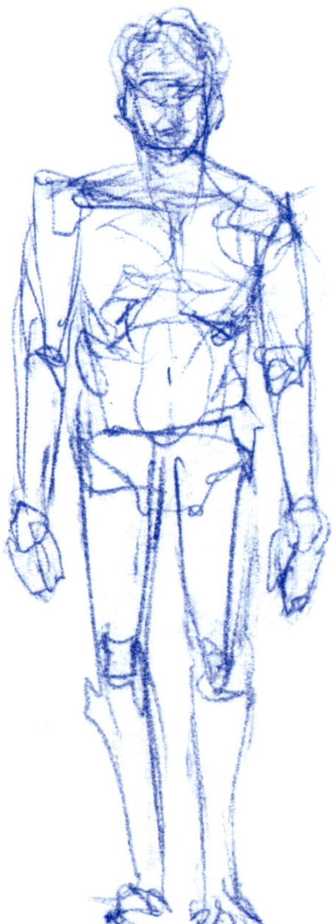

aspecto.

Kevin não se incomodava com o cheiro de urina quando caminhava tarde da noite pelas ruas do Centro em direção ao terminal de ônibus, depois do treino de vôlei.

(Voz oculta)

Eu sei por que você gosta tanto de estar sempre sozinho.

Da janela do primeiro andar, em cima da loja de tecidos, o alfaiate olha Kevin se aproximar. Abre a porta em silêncio. Kevin tira a roupa. O alfaiate dá início à vivissecção.

Você não está ali atrás, está?

O que você sabe a respeito do vazio que é a melancolia?

O homem com o rosto desfigurado que você viu na capa do jornal era o seu vizinho?

Você gosta de mentir?

Você tem medo de pessoas mascaradas?

Você está cansado?

Qual é a marca de chicletes que você mais gosta de mascar?

Você se lembra do homem que vendia passarinhos azuis embaixo da escada rolante?

Kevin, você tem medo da morte?

Você ouviu o telefone chamar quando estava no banho?

Você lembra por que não subiu as escadas e apertou a campainha do apartamento de Lúcio, naquela manhã de sábado?

depois.

Você se lembra daquela noite, no casarão à beira-mar, onde os mariscos e as conchas submersas atiçavam os ruídos das ondas do mar, e o olhar e o corpo daquele homem e daquela mulher colidiram no centro do salão – e ali não havia enganos – e os dois começaram uma dança onde nenhum gesto poderia ser interrompido, a não ser que algum objeto voador carregado de bombas despencasse sobre o telhado?

Cinco minutos antes.

Kevin, você lembra quando o outro homem, franzino, dentro da pequena cabine com luz amarela, suspendeu a folha de papel e começou a ler porque aqueles dois corpos e aqueles dois olhares colidiram outra vez, e a ação não foi um acessório; foram até capazes de parar a irritação dos motoristas no trânsito em frente ao cinema, do lado de fora do casarão, onde tempos atrás você havia assistido a um filme cuja última frase foi *nem com você nem sem você* e os corpos e os dois olhares colidiram mais uma vez, e não houve dor nenhuma muito menos um objeto voador despejando bombas sobre o telhado?

Você lembra que naquela noite Lúcio já não estava?

Você se lembra da camisa estampada que Lúcio usava quando saía de casa para comprar louças brancas e pequenas luzes vermelhas para arrumar o altar para o Buda, e que a cabeça esférica do Buda era projetada em toda a sala de visitas como se fosse o tal objeto voador vindo de outro planeta?

hematoma.

Em um dos Natais que Kevin foi passar com a família, sua mãe o chamou até o quarto como se quisesse lhe contar algum incômodo. Naquele tempo ela e o seu pai ainda dormiam na mesma cama. Toda vez que Kevin chegava para as festas de fim de ano com a família a angústia tomava conta do seu corpo. Apesar do calor nas redondezas, seu estado de espírito estava sempre diante de uma gélida catástrofe pessoal. Ainda mais naquela cidade, onde a população tinha como sina a maldição de ser alegre.

Então ele circulava pelas ruas por onde havia um passado inscrito desde o início destas ancas páginas: a primeira escada rolante em frente à praça do relógio; a luz âmbar dos postes na avenida onde conheceu o homem dos grandes olhos que sonhava virado para dentro; o vendedor de passarinhos azuis; o cinema de sacanagem onde viu o filme com a primeira indígena pornô do cinema brasileiro, TUPIMENTE ANAL, piscando em neon vermelho na fachada do prédio.

A mãe de Kevin abriu uma gaveta do guarda-roupa, retirou um saquinho amassado: "Foi P. quem me deu de presente de Natal. Eu guardei. Fiquei com medo que alguém me perguntasse o que havia dentro".

E abriu.

O saquinho estava cheio de dinheiro.

P. amava A., que trabalhava na casa da família de Kevin e que, enquanto cuidava de tudo, ouvia Bob Marley sem nenhum suspiro.

Como a mãe de P. o soprou ao vento logo cedo, ele reencontrava sua mãe imaginária na paixão que sentia pela mãe de Kevin.

(Voz oculta)

*Se te ausentas, há paredes em mim.**

Na manhã do dia 24 de dezembro o telefone tocou muito cedo: "A senhora conhece um indivíduo chamado P.? Ele acaba de ser eliminado aqui na porta do supermercado, depois de uma tentativa de roubo fracassada. Junto aos seus documentos a polícia encontrou esse número. A senhora deseja se despedir do meliante?".

Kevin abraçou sua mãe. Os dois ficaram em silêncio, observando os raios de um estranho sol entrar pelas frestas da janela.

Plano-sequência.

São 13h16.

Thelonius Augustus Théo marcou às 13h.

O interfone ainda não tocou.

•••••

* Hilda Hilst, em *Do desejo*.

quase mudo.

Eu tive um sonho com esse lugar.
Foi o segundo sonho que eu tive, mas os dois eram iguais.
Eu quero que você imagine.
Você está naquele lado, naquele canto, bem perto do balcão.
Está nos dois sonhos e você está com medo.
Eu fico com mais medo ainda de ver como você está com medo.
Então eu percebo que tem um homem no fundo desse lugar.
E é ele quem está fazendo isso.
Eu consigo ver através da parede.
Eu consigo ver o rosto dele.
Eu espero nunca ver o rosto dele fora do sonho.
*É isso.**

Hoje Kevin acordou às cinco horas da manhã. Havia vozes do lado de fora da janela: ligou a câmera do celular, abriu a cortina, levantou a persiana, começou a filmar. Uma mulher estava caída no chão molhado pela chuva da madrugada inteira. Quase gritava, parecia ter quebrado uma das pernas. Um homem estava de pé ao seu lado. Mais dois homens chegaram correndo. Um deles saiu para buscar ajuda. A mulher continuou a gemer. O homem voltou com um cobertor muito grande. A mulher começou a gritar "eu vou morrer, eu vou morrer". Os três homens a colocaram sobre o cobertor. "Não levanta, não levanta. Temos que ir arrastando".

Como na procissão dos desvalidos, a cena não deixou rastro algum sobre o asfalto molhado.

Kevin voltou para a cama.

.....

* David Lynch, em *Cidade dos sonhos*: diálogo no Winkie's Sunset Blvd.

Quando acordou e ligou o celular para ver as imagens, nada havia sido gravado. Mas a voz da mulher continuava na sua cabeça, como as vozes de todas aquelas pessoas que estavam no bar na noite daquela sexta-feira, quando Lúcio não apareceu. Como na cabeça do homem que conversava com um desconhecido em outro bar, dentro daquele filme, onde as palavras ultrapassam um jogo de consciência.

No dia seguinte Kevin acordou com medo. E cada vez que olhava para todos que estavam por perto tinha a impressão de que também estavam com medo.

Tudo isso ficaria bem pior no início da tarde do sábado seguinte.

malvadeza.

(Voz oculta)

Carcarás dormindo na tua alma.
*As lágrimas rosnam.**

13h. O sol atravessa tudo o que é carne, pele, cílios, pano. Kevin sobe a estreita escada que leva ao primeiro andar do apartamento onde vive com a família. Sentada em uma poltrona na sala, sua mãe segura um jornal entre as mãos. Tudo em volta está suspenso: o latido do cachorro na laje, o barulho do trânsito interrompido, os gritos do homem fantasiado de Batman corrompendo os passantes a comprar miudezas na porta da loja do outro lado da rua, a voz da vizinha do andar de baixo que, toda vez que o marido sai para trabalhar, abre a Bíblia e ora e funga e ora, como uma condenada, pedindo ao Senhor Jesus que ele não volte nunca mais. Um retrato do homem de olhos azuis está na primeira página do jornal. A mãe de Kevin está paralisada. Ele senta ao seu lado. Três tiros e o corpo é encontrado na área de serviço de um prédio, distante alguns metros da praia em forma de meia-lua. Não haverá amanhã.

Plano-sequência.

O homem de olhos azuis era casado com a filha do governador, uma espécie tão perversa quanto as hienas do deserto, mas sempre aclamado como um semideus. No fundo do olho da cidade alguma coisa não faz sentido. Há um silêncio aterrador e a dú-

.....

* Roberto Piva, em *20 poemas com brócolis.*

vida insana de que toda a verdade está com fratura exposta. Kevin nunca mais encontrará o homem que dormia virado para dentro. Disseram que foi suicídio.

Três tiros depois.

cena muda.

Como Francisco de Assis,* Kevin ergue as mãos, abre a grande porta no fundo do cenário, pisa no palco.

Seu corpo nu está pronto para o transe.

Com o personagem poros adentro, ele nunca soube o que pensar para convencer o público que aquele *outro*, dentro da sua magreza ainda lúcida – naquele tempo em que a vida tatuava na sua pele cicatrizes menos profundas –, acordaria no dia seguinte sem saber o que fazer com a própria memória.

Lúcio não foi ao teatro na noite de estreia.

Precisou ficar sozinho entre seus broches de marcassita, ouvindo o vento que vinha do mar rastejar, subir lentamente a ladeira, fazer a curva, entrar pela janela, soprar seus ouvidos entre as almofadas sobre a cama de solteiro, no meio da sala de visitas, ouvindo Rilke dizer: "Há pessoas que ostentam um rosto por anos a fio, e obviamente ele se gasta, fica sujo, rompe-se nos vincos, alarga-se como as luvas que usamos durante a viagem".**

Na noite anterior Lúcio havia parado o fusca amarelo perto do farol. Entre seus olhos e o horizonte polvilhado de estrelas estava O Homem Visível, sozinho, sentado na balaustrada.

Já passava das 23h30.

Corte seco.

.....

* Fernando Arrabal, em *Cerimônia para um negro assassinado*.

** Rainer Maria Rilke, em *Os cadernos de Malte Laurids Brigge*.

Luz azul.

A música sobe.

Kevin dança como um escorpião.

Agora pertence ao universo de um *outro mesmo eu*. Quando desenha com a ponta do pé direito um círculo no centro do palco, o colar de laguidibá que usa explode, os chifres de búfalos cortados em esferas entram na galáxia como pequenos discos voadores, formam uma poeira cósmica, deixam Francisco de Assis entre a ficção e o espaço sideral, entre Desdêmona cruel e Otelo, entre as palavras e o inacessível, entre a plateia e a razão.

Foi Lúcio quem deu o colar de presente para Kevin, no dia do seu aniversário.

oculto.

Depois daquela noite em que Lúcio estacionou o fusca amarelo e conheceu O Homem Visível próximo ao farol – e não se tratava de uma alucinação –, Kevin o encontrou em um final de tarde, quando a luz do sol se preparava para começar a desenhar as mornas sombras da noite. Sem a presença vertical da razão, Lúcio tocou no assunto quase sem dizer nada.

Era sempre assim. Ele não falava um nome próprio, mas sabia que Kevin poderia imaginar o tipo de suspensão que ele sentiu quando parou para trocar as primeiras palavras e o que poderia significar um encontro depois do crepúsculo, por volta das 23h30.

(Voz oculta)

Eu espero nunca ver o seu rosto fora do sonho.

Poucos carros passavam na avenida porque a cidade, naquele tempo, dormia cedo, como se estivesse isolada do mundo. Ainda não havia sido infectada pela maldição dos turistas com energia letal e também não se vendiam, nas lojas de suvenir do aeroporto, ampolas com uma toxina chamada *Axé Gourmet*. Os verões eram recebidos apenas como uma estação do ano, sem a obrigação da fatídica alegria como metástase. Apenas fluxo: sol e mar, um quarto de ácido por volta do meio-dia, alguns longos beijos na boca, um baseado interminável passando de mão em mão.

Lúcio falou de um jeito manso, deitado na cama, entre as almofadas, no meio da sala. Foi um diálogo parado, como se as palavras não tivessem vida própria, não seguissem seus próprios destinos, apenas flutuassem dentro do nada. Uma coisa sem nome. Não era medo.

Mas sempre havia algo suspeito depois de um ponto-final.

primeiro plano.

Na fotografia, Lúcio aparece ao lado de uma amiga, em pé, sobre um pequeno muro, do lado esquerdo da praça central. A mulher tem longos cabelos negros. Nenhuma face oculta desfila na avenida.

Tudo em volta é carnaval.

Ali, ninguém é capaz de alcançar o fracasso: caretas e brancos e pretos com suor nas entranhas e semideuses e putas e meliantes encardidos e magarefes e cafuzos e zarolhos e giletes e raparigas de cegos e falsos ao corpo e invertidos e bancários e pobres e miseráveis e meu rei e os desvalidos e o satanás chupando sacolé e a rainha da garganta profunda e as muquiranas desiludidas e o corno dono do bar e a quenga dos peitos em chamas e a bichinha bundeira lambendo os dedos e Floripes* amolando a peixeira e Guarinda,** a mulher de roxo, grunhindo veludos, e a vizinha sifilítica sem os dentes da frente e o pacotão cor de sapoti da Sra. S. e o prefeito decepando as cabeças dos pombos e Exu esporrando sobre o asfalto e o viúvo fodendo a enteada no estacionamento e Divina Valéria*** sobre o carro alegórico e os casados loucos para mamar

•••••

* Floripes, lenda urbana, desfilava pelas ruas de Salvador sempre com um galho de arruda atrás de uma das orelhas. Por onde passava, a população gritava: "Floripes, viado!", no que Benedito Mato, no corpo de Floripes, imediatamente repetia: "Só se vê na Bahia". Levou a sociedade machista de Salvador ao delírio, ao tesão e ao desespero.

** Guarinda, outra lenda urbana, intrigante e misteriosa, andava vestida de roxo com um grande crucifixo pendurado no pescoço. Personagem renascentista, pedia dinheiro com uma voz muito fina, na porta da loja Sloper, na Rua Chile.

*** Divina Valéria, famosa e respeitada travesti, vinha da Europa, onde trabalhava, especialmente para desfilar no Bloco Jacu, em Salvador. Tornou-se ícone do bloco na década de 1970. Fez tanto sucesso em cima do carro de som que os integrantes do bloco desfilavam olhando para trás.

e o ferreiro com os olhos sangrando e Belzebu escondendo o bagulho e Dona Rubina exibindo as coxas e o alfaiate quase um metro de rola e o sacristão escondendo o fio dental e a manicure oxigenando os pentelhos e o apache supurando o tesão e Peteleca* com a tabaca raspada e o cardeal fincando as unhas no couro da testa e a professora vazando leite pelos bicos dos peitos e o sol que não deixa o juízo apodrecer.

Três meses depois.

22h15.

Lúcio estaciona o fusca amarelo próximo ao farol.

O Homem Visível acaba de chegar.

•••••

* Peteleca, profissional do sexo, amada de corpo e alma pelos boêmios e intelectuais de Salvador.

vida real.

Kevin está torto. Uma voz do outro lado do telefone o apunhalou na nuca: "A Sra. S. está morta". Um tremor de frigorífico paralisou todo o ambiente.

Para que serve a literatura?

No mínimo para proteger os ouvidos entre ditongos.

A Sra. S. sabia de tudo. Foi ela quem subiu com os policiais ao apartamento de Lúcio, naquele início da tarde de sábado. A Sra. S. levou consigo dezessete anos da memória de Kevin e, ao mesmo tempo, acendeu tudo o que viveram juntos. Foi dirigindo o fusca da Sra. S. que Kevin e alguns amigos foram passar quatro dias isolados em um sítio. Um fim de semana sem data. PH era um deles. Durante o tempo que passaram juntos, PH fumou maconha minuto após minuto, olhando para o nada, sem início nem fim, deitado em uma rede na varanda. Havia sol e a paisagem era sempre parada, como se o vento tivesse sofrido um infarto. Ao todo eram cinco pessoas. E mais Eros, o cão, que não era apenas um animal.

Ele também caminhava lentamente, olhava pelos cantos dos olhos como se estivesse aguardando um acontecimento inesperado. Às vezes deitava no chão para tentar se livrar ou do calor ou da própria sombra. Como havia desejo entre os quatro homens e a Sra. S., todos passavam uma grande parte do dia em silêncio, olhando as torres de luz e os canos vermelho-alaranjados da Petrobras.

Não houve perguntas.

Sem a vida da Sra. S. por dentro da cabeça de Kevin, tudo aquilo foi se transformando em uma folha de papel em branco: um pequeno surto, uma linha reta, um crônico vazio.

Foi então que Kevin resolveu arriscar.

quanta idiotice.

A carne de Thelonius Augustus Théo tem cheiro de caju maduro.

Ali, tudo é doce.

Kevin sempre soube que Thelonius Augustus Théo seria um personagem etéreo entre as páginas do seu livro. Mas aconteceu uma mudança e logo veio a inquietação: o que fazer com esse drama se Thelonius Augustus Théo não descola mais nem do cérebro nem de entre os dedos de Kevin? É comum que os autores deem sumiço a personagens que não são submissos a um sistema literário paranoico. Muito simples: basta silenciá-los.

No caso de Thelonius Augustus Théo seria ainda mais fácil: em *flashback*, ele estaria chegando em casa, uma moto se aproximaria, o assaltante apontaria a arma, *perdeu playboy, passa o celular*, haveria resistência, três disparos em três segundos, sangue sobre o asfalto e Thelonius Augustus Théo seria apenas mais uma vítima para as estatísticas banais da cobiça, do abandono, do esgoto, da miséria da humanidade. Tudo estaria gravado pelas câmeras da portaria do prédio, depois exibido como um contrafilé mal passado para a polícia e para programas de TV.

Mas um livro não é uma novela televisiva, onde a intenção é fazer o público sufocado por informações e angústia ir às lágrimas deslizando em câmera lenta, encostado em uma parede falsa, com trilha sonora do último sucesso de uma cantora sertaneja com *botox* nos lábios.

Thelonius Augustus Théo chegou pontualmente às 13h22.

Abraçou Kevin, sussurrou: "Você sabe o que vejo diante do meu rosto?".

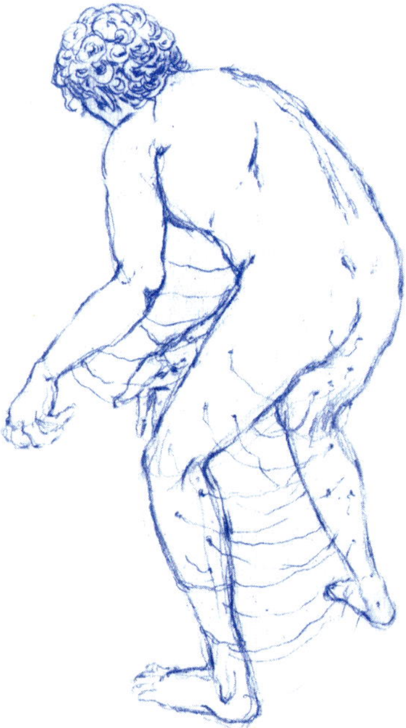

porrada.

Já passava das nove da manhã quando A Gorda abriu a porta. Ela ficou quase dois meses sem ir à casa de Kevin porque sua mão esquerda inchou como um inhame ancestral. A Gorda convive com Kevin há mais de vinte anos: é a sua família em uma só pessoa. Um dia, quando ela estava colocando soro fisiológico nos olhos das avencas, Kevin sentou ao seu lado, ela o olhou, disse: "Essa madrugada aquele homem entrou por dentro da minha cabeça, lá na fazenda Poço Longe, onde ele era o dono e onde eu fui viver para ter comida, roupa e a chance de estudar. Foi isso o que ele havia prometido para minha mãe. Quando cheguei lá fui obrigada a cozinhar, lavar, passar, esfregar o chão. Fui explorada em cada poro do meu corpo, sem receber um centavo sequer. Eu tinha nove anos". Era ele quem entrava no banheiro toda vez que A Gorda estava tomando banho para tentar tocar no seu corpo, lamber o mel da sua pétala de menina que só queria estudar e se afastar da humilhação que é sentir fome.

Os infames são autodidatas.

Plano-sequência.

A Gorda vira os olhos para dentro, encontra sua criança correndo em direção ao rio, sobe na pedra de onde se avista a pequena cidade, entra na cachoeira, seu corpo escorre como água embrulhada até desabar em um mergulho profundo. Seus olhos, como uma câmera subjetiva, giram e giram virados um para os cantos do outro, ela sorri como uma floresta, grita para o mundo inteiro ouvir, mergulha outra vez.

O dia amanhece.

segunda-feira, 9h15.

Mulher: "Você não matou mais ninguém, matou?".

Homem: "Que eu saiba, não".

Mulher: "Você é novo aqui, ainda não sabe o que é possuir olhos quase fechados".

Homem: "Eu só preciso dos meus remédios".

Um homem de mau gosto, com o seu falo estigmatizado e que visivelmente não gosta das mulheres, espalha suas carnes para os lados como se estivesse sozinho, atolado na poltrona 3B.

Kevin está na poltrona 3C.

Na poltrona 3A está a filha do homem que não gosta de mulheres. Os dois se comunicam pelo celular. A mulher e a sogra do homem que não gosta de mulheres estão nas poltronas 4B e 4C, mudas, absolutamente mudas. O homem respira como um peixe que acaba de ser retirado de um aquário.

O avião pousa.

Dia 3 de fevereiro.

No saguão do aeroporto, 80% dos passageiros que esperam a partida dos seus voos estão fantasiados: usam roupas brancas e guias de algum orixá compradas no meio da rua. Trata-se do resquício esquizofrênico do grande leilão que vem sendo realizado na cidade para saber quem paga mais por Iemanjá, contaminando o que seria a verdadeira utopia do sagrado.

Vencerá quem for dono de palavras que não servem para nada.

O homem que não suporta as mulheres caminha e continua se comunicando com a filha pelo celular. A mulher e a sogra do homem que não gosta das mulheres começam a sorrir.

A redução mental do homem que respira como um peixe que acaba de ser retirado de um aquário costuma florescer em sinônimos quando ele encontra seus amigos, aqueles que também não suportam as mulheres, em um bar qualquer, para falar de bois, automóveis, uísque, torresmo, futebol.

No dia seguinte, nas fotografias das colunas sociais da província onde tudo está sendo vendido e onde os negros, os pobres e os desvalidos continuam sendo violentados corpo a corpo, personagens da alta sociedade com as entranhas ácidas por excesso de perfume francês sob o sol a pino sorriem como animais anelídeos saboreando taças de champanhe no terraço de um antiquário famoso, com vista para o mar.

A cidade onde Lúcio viveu foi vendida como se fosse um objeto vazio, encontrado em uma loja chinesa de uma esquina sem nome.

estado mental.

O sol acende o lado de fora do vidro fumê. O táxi dobra à direita, entra na rua onde Dona Rubina vivia. Lá, tudo é suspeito. Até a luz do final da tarde resvalando nas paredes tem aspecto de um tempo mofado. A memória de Kevin está prejudicada entre o passado e o vazio. Ele não sabe o que pensar, muito menos o que sentir. A grande varanda do bar onde bebia Alexander com Lúcio e PH foi fechada. No lugar surgiu alguma coisa com três pequenas janelas. Tudo parece ter sido transformado em um apartamento inóspito, para ser alugado a turistas que despejam o que resta do lixo anêmico das suas agonias em qualquer lugar onde colocam os pés. Por onde anda Dona Rubina, aquele homem tão singelo, com sua boca de seda sempre disponível para servir os pequenos marginais a granel, maconheiros ao pôr do sol que continuam habitando o quarteirão? A fachada do pequeno prédio onde ele vivia está bloqueada. Parece um local fantasma de onde todos fugiram. Ou estão mortos.

O corpo de Kevin dói.

Tudo em volta pede socorro. A invasão é grotesca. A carne que alimenta a população durante o carnaval está em decomposição. Os filhos da terra estão à míngua. Continuam nas cozinhas, lavando os banheiros ou servindo nos hotéis e restaurantes de luxo onde o sistema é tão cruel que ser alegre e a única saída para não apertar o gatilho.

Dentro e fora.

O táxi para.

Kevin está diante do apartamento de Lúcio.

Nada se completa.

oquidão.

Desde que voltou da cidade onde Lúcio vivia que a cabeça de Kevin está em branco. Do lado de fora da janela do seu gabinete onde costuma escrever, homens e mulheres passam fantasiados para seguir atrás de algum bloco de carnaval. Pretendem suar embaixo da secura do sol dançando atrás de alguma banda desmilinguida pelas ruas da cidade, onde tudo é igual, ácido, nocivo, avesso ao cio do desejo que corrói os rastros da pândega.

O desespero é crônico.

Como está com a cabeça em branco, Kevin sai de casa para seguir em direção a lugar nenhum, apenas para tentar descobrir o que sentiu quando parou diante do apartamento onde tudo aconteceu, naquela noite de sexta-feira, quarenta e dois anos depois, quando tocou a campainha e ouviu um silêncio oco, assustadoramente oco, longo como um ato de tragédia.

Tudo em volta está parado. Uma tempestade de granizo desprogramou os semáforos, os automóveis estão boiando com as quatro rodas para cima, os raios iluminam o negrume do dia; apagaram-se as luzes do presépio de arranha-céus onde o dinheiro e a miséria já corroeram o amor, a perfídia, os deuses, a ganância, a traição. Parece que todos merecem nada mais além do caos. De dentro da agonia não se avista o horizonte, apenas a fumacinha do *wi-fi* sobre as cabeças do grande fenômeno que é a estupidez humana no presente contínuo. As fantasias estão molhadas. Não há mais segredos por trás das máscaras.

Um homem com uma lanterna na mão grita que está nu porque protesta contra o próprio fracasso.

caçador de mim.

Lúcio acende o baseado.

Deita na cama no meio da sala. Kevin está na outra ponta. Tudo em volta está calmo: os cantos da casa, o disco rodando na vitrola, as joias de marcassita aguardando o reflexo madrepérola do entardecer, Rilke sobre a mesa com o marcador na página 120, onde está escrito: "Os livros são vazios. O que importa é o sangue, é nele que se deve ser capaz de ler".*

Dentro do silêncio, Lúcio mais uma vez diz sobre O Homem Visível, o que ele conheceu às 23h30, de costas para o mar, ao lado do farol. Dentro de casa os dois corpos se tocaram. Tudo era como um segredo, uma ameaça depois de cada ponto-final. Kevin sentia. Percebia algo soturno sem um nome próprio. A cidade estava no auge de uma criação absoluta. Nada ainda havia sido leiloado, vendido, se tornado um produto descartável entre as unhas e os dentes.

Corte seco.

Casa de Kevin.

Juvenira, a pantera negra com o corpo de pelúcia, olha para a rua, impávida como uma esfinge. A porta da varanda está aberta. O vento sofre um novo infarto.

Na esquina do lado esquerdo, Katylaine arruma uma caminha para Adonis Henderson dormir em cima da carroça. Vai passar toda a

.....

* Rainer Maria Rilke, em *Os cadernos de Malte Laurids Brigge*.

madrugada acordada, tomando conta do filho, estacionada na porta do supermercado fechado.

Com os miolos centrais e periféricos abraçados pela metanfetamina e os olhos boiando em águas doces, Jeanderson Pronto, o Boto, diz para um transeunte: "Vamos ali, no hotel da próxima esquina? Fui criado tomando leite de búfalo!".

No gabinete onde Kevin escreve, em preto e branco, o olho de vidro, a câmera, vê a imagem de uma mãe abraçar o filho algemado. O rapaz comprou um revólver para fazer pequenos furtos. No dia seguinte, quando a mulher voltou para visitá-lo, encontrou o corpo sem vida na cela da delegacia.

Katylaine coloca uma toalha estampada em cima da carrocinha. Arruma a mesa para Adonis Henderson tomar café da manhã. No alto-falante de sua caixinha de som, Altemar Dutra sopra o tempo: "Os beijos não sobrevivem às bocas".

a visita.

O telefone toca.

Do outro lado da linha uma voz deseja marcar um horário para conhecer a coleção de Lúcio: os livros, os móveis, as joias, os óculos, os sapatos, as louças, as imagens dos santos barrocos, as túnicas marroquinas, os discos, os panos africanos.

Próxima sexta-feira, às 19h.

Lúcio liga para Kevin.

Junto com PH os três se encontrarão por volta das 21h30, na balaustrada da praia em forma de meia-lua, depois seguirão para o bar. Kevin e PH chegam à balaustrada, observam o movimento dos passantes que precisam alugar suas carnes e os outros, os que vendem drogas batizadas para colocar a noite à beira de um abismo menos cruel. Lúcio não aparece. Um ruído que não se descreve se instala entre Kevin e PH. Apenas o mar assiste à desesperadora agonia que surge com cheiro de sargaço.

Kevin volta para casa. A paisagem está congelada. Até os porteiros dos prédios sumiram. Tudo parece uma pintura em branco e preto, com um céu intraduzível, baixo, nada abstrato, onde os cantos da tela interrompem as esquinas. Kevin está no vácuo de todo esse drama. Seu corpo magro apenas consegue ir em frente. Nem uma voz, nem um ruído, nem um rastro, nem uma folha caída sobre as calçadas. Nada. Apenas o caminho em linha reta, como um veredito.

Kevin entra em casa.

Afunda-se dentro da própria memória.

O dia amanhece.

sexta-feira.

19h.

Lúcio abre a porta.

Um homem usando máscara avança sobre o seu corpo.

sábado, 13h.

Kevin está oco.

A Sra. S. chega.

PH dobra a esquina.

A viatura da polícia está no local.

A Sra. S. sobe as escadas com os policiais. Tudo em volta está congelado outra vez.

O silêncio é estrangulador.

Lúcio está caído no segundo quarto.

Guarda as mãos entre as pernas dobradas, como se fosse um círculo para proteger o próprio corpo.

Kevin e PH entram no fusca branco da Sra. S.

Sem rumo, os três começam a rodar pela cidade.

Nada mais faz sentido.

mais tarde.

Kevin vê a cidade e imagina o vácuo dentro do apartamento de Lúcio.

O que os olhos do Buda viram depois que a porta foi aberta? E a suspensão do vazio refletido nos espelhos da cristaleira, por entre os broches de marcassita, dos anéis de âmbar, dos panos africanos, da cama solitária no meio da sala, das almofadas à espera do calor de um corpo íntimo?

A Sra. S., PH e Kevin perambularam sem rumo até o pôr do sol sangrar sobre os contornos da Ilha de Itaparica, do outro lado da praia em forma de meia-lua.

O céu ainda está avermelhado quando Kevin coloca o disco na vitrola. Mais de mil vezes Janis Joplin canta "Summertime" como se fosse uma oração cósmica. Os amigos começam a chegar. Nem um ditongo é pronunciado diante da grande ruína que será a ausência definitiva de Lúcio.

Tudo em volta está rompido.

No início da madrugada, a Sra. S., PH e Kevin deitam na mesma cama. Três pares de olhos colam no teto.

Nunca mais o branco será como o nada.

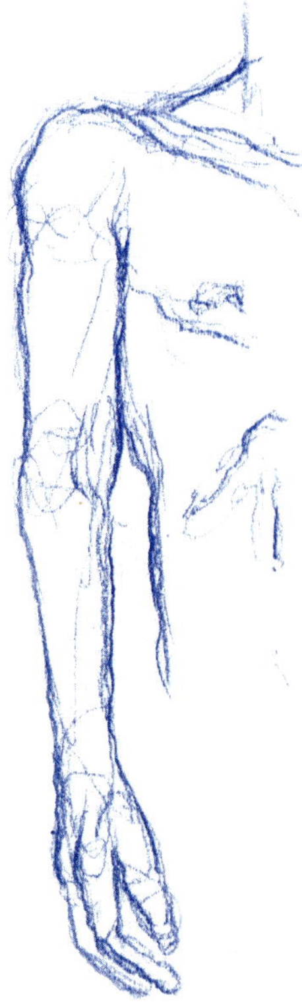

três dias depois.

W. chega ao teatro onde Kevin trabalha.

Os dois começam a subir as escadas em busca de algum tipo de redenção, como se estivessem dentro de um infindável calabouço de Piranesi.

Do alto, veem o grande barco que ilustra o cérebro para o drama que Strindberg escreveu em *O Pai*, suspenso sobre o palco despido; caminham entre as araras onde descansam os figurinos acinzentados, que logo mais estarão sobre o corpo de *Medeia*, antes que ela mesma dê fim à vida dos próprios filhos – depois que Eurípedes esvaziou o meio-termo de uma traição –, para em seguida fugir em sua carruagem de fogo; param diante das perucas ensandecidas que no auge da noite estarão sobre as cabeças dos personagens de *Volpone*, onde a usura, a corrupção, a falsidade e a ambição colocam as digitais ao mesmo tempo no passado e no futuro.

W. fala sobre a máscara.

Kevin entra em paranoia.

Tem a impressão de que todos o estão seguindo, que poderá ser o próximo. São dias de inferno sob uma temperatura de 39 graus.

O que W. contou para Kevin continua flutuando na caixa cênica do grande teatro, como se as palavras estivessem à procura dos seus atores.

cinco dias depois.

Eu não suportei sentir o que senti.

Foi por isso,

diz O Homem Visível.

O Delegado:

E por que o senhor usou máscara?

O Homem Visível:

Porque não tive coragem de mostrar o meu rosto.

O Delegado:

Então o senhor é um homem covarde?

Silêncio.

O Delegado:

O senhor é um homem covarde?

Silêncio.

O Delegado:

Vou perguntar pela última vez.

O senhor é um homem covarde?

do desejo.

Naquela tarde de sábado, o fusca amarelo estava estacionado na calçada, em frente ao prédio com três andares. Mesmo com a ausência do vento, uma parte da janela marrom abria e fechava, apenas uma parte.

O som daquele movimento, como o abano de um leque em câmera lenta, fez todo o meu corpo gelar.

Ainda hoje, o silêncio é estrangulador.

Meu nome é Kevin.

Diógenes Moura nasceu em Recife. Morou durante 17 anos em Salvador. É escritor, curador de fotografia, roteirista e editor. Em 2011, com *Ficção interrompida – uma caixa de curtas*, ganhou o Prêmio APCA (Associação Paulista dos Críticos de Arte) de melhor livro de contos. Com *O livro dos monólogos – recuperação para ouvir objetos* (2019) e *Vazão 10.8 – a última gota de morfina* (2021), foi semifinalista do Prêmio Oceanos. *Minhocão*, livro devastador sobre solidão e desespero às margens do emblemático viaduto da capital paulistana, foi publicado em 2022. Em 2020, criou o selo autoral Exu de Dentro, pelo qual publicou *O antiacarajé atômico – dias pandêmicos*, *O pinguelo rígido – um surto baiano* (2023) e *Os pseudocivilizados, o macaco cósmico e o cão* (2024). Escreve sobre existência, imagem, abismo e abandono. Vive em São Paulo.

1ª edição 2025

PREPARAÇÃO DE TEXTOS Márcia Leme
ILUSTRAÇÕES Milton Mastabi
TRATAMENTO DE IMAGENS Kelly Polato
FOTO DO AUTOR Paulo Vitale
PROJETO GRÁFICO E DIAGRAMAÇÃO Flávia Castanheira
PRODUÇÃO GRÁFICA Geraldo Alves

Dados Internacionais de Catalogação na Publicação (CIP)
(Câmara Brasileira do Livro, SP, Brasil)

Moura, Diógenes
Sexo & funeral / Diógenes Moura. – 1. ed. – São Paulo: Editora WMF Martins Fontes, 2025.
ISBN 978-85-469-0782-3

1. Romance brasileiro I. Título.

25-299591.1 CDD-B869.3

Índice para catálogo sistemático:
1. Romances : Literatura brasileira B869.3
Aline Graziele Benitez – Bibliotecária – CRB-1/3129

Todos os direitos desta edição reservados à
Editora WMF Martins Fontes Ltda.
Rua Prof. Laerte Ramos de Carvalho, 133 01325-030 São Paulo SP Brasil
Tel. (11) 3293-8150
e-mail: info@wmfmartinsfontes.com.br
http://www.wmfmartinsfontes.com.br